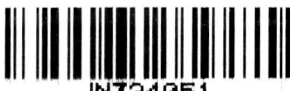

君への贈りもの

河端洋安

海鳥社

この詩《うた》を君に届けたい
今にも消えそうな言葉だけど
「すき」の想いを込めて
僕にできることは
あまりに少なすぎるけど
たった一つだけ
僕にしかできないことがある

それは「自分」を生きること
精一杯泣いたり笑ったり
もっと微笑んでほしいから
もっとそばにいてほしいから
いつも君を感じていたい
この詩が届くように

洋安書

君への贈りもの◉目次

君への贈りもの

鼓動

明日へ

君への贈りもの

奇跡

もし「奇跡」って　あるとしたら
それはもう　始まっているのかもしれない
君と出会った瞬間から
好きと感じた瞬間から
その笑顔が　僕の心を癒してくれた
君の心が　生きる衝動を与えてくれた
いっぱいもらった　宝物
いつでも両手で　抱えている
泣きたい時も
笑ってる時も
いつか奇跡が　「確信」につながるように

ともだち

いっぱいいっぱい　遊ぼうね
いっぱいいっぱい　話そうね
少しでも長く君といたいよ
今はまだ手を伸ばしても　届かない距離にいる
でも　追いかけるよ
近づきたいから……
「ともだち」
そう呼ばれる日まで
いっぱい　いっぱい
会いたいよ

波

何が見える？
にじんだ　情報《けしき》
ねじれた社会の　大人達
君は　そんな時代に立っている
誰も　認めてくれない
誰も　信じたくない……
君に映るのは　夢？
それとも　黒い血？
分からないまま　ただ流されていく
でもこの〝波〟を　乗り切るのは
誰でもなく　君自身の心だから
明日を見て
その瞳に　明日を

ブーツ

このくつ屋さんには
いろんなくつが売っている
「悲しみをとびこえられる
ブーツってあるのかなあ」
店員のお姉さんは困った顔をしてた
でもね　悲しみから歩きだせる
ブーツはみんなもってる
辛くって長いけど一歩ずつふみしめて
出口を探しながら
じっと沈んでなんていないで
歩こ　涙はふかなくていいよ
そのままに
歩こ　自分の足で

心の鍵

全ての人が　傷つけ合うことを知らなければ
きっと　犯罪はおきないだろう
でもね　痛みがあるから
大切な人との出会いがあるんだよ
君は　心に鍵をかけて
独り　睨みつけている
君を嘲笑う大人達だけを
大人だと思わないで
心を開いたら　世界は光を放つよ
傷つくことに　背を向けないで
痛みを乗り越えた時
やさしさが何か分かるから
「僕だけが」だなんて
もう思わなくてもいいんだよ

チャンス

ゲームみたいにね
人生をリセットなんて　できないけど
たとえ心を　すりむいても
明日は　おとずれる
チャンスはいくらでもあるよ
何度も　もがいても
決して　無駄なことだと思わないで
どんな冷たい視線に　さえぎられても
「もっと生きたい」そう思える自分でいてほしい
チャンスをつかもう
まだ　終わっちゃいけない
人生はこれからだから

きらめき

びしょびしょに　なるまで
水たまりで　遊んだ日々
瞳に映るすべてに　はしゃいでいた
人は　大人になれば
きらめきが　なくなるというけれど
それは違う
本当はね
いつも　胸にあるんだよ
無邪気だった　あの頃の
自分を　覚えていれば
ほら　にっこりと笑えるでしょ
時間の　箱の中から飛び出して
もう一度　水たまりで遊ぼうよ

ビューティフルデイ

鏡の中に映る自分
素直に笑えているかい？
何も「見えない」と毎日を
ゆがんだ顔で孤独にこもる
いつまでそうしているつもり？
一日をどう過ごすかは
気分しだい
笑ってごらん
もう悲しくなんかないよ
だって最高の今日は
はじまったばかり

新しい扉

心が　押しつぶされそうで
君は頭を　かかえてる
「何も変わらない」と
首を横に　振ったって
きっと答えは　見つからない
生きることは　君の中にいる
自分との　たたかい
〝負けないで〟
君を救えるのは　君だから
自分という魔物に　打ち勝てた時
新しい扉が　開くはず

かけら

汚れを知らない　少女の瞳
抱えきれないほどの
明日を夢見て
いつか　大人になって
めまぐるしく進む　時間の中で
ふと　立ち止まる
そんなときは　そっと胸に手を当てて
輝いていたかけらたちが　励ましてくれるから
スケッチブックに　夢を描き続けていた
素直なときめき　忘れないで

飾り

隠さないで
仮面の下に　流す涙
心から「幸せだよ」っていえる日は
いつ訪れるの？
長い長い　螺旋の階段
必死に走っても　結局ねじれた毎日
いつの間にか　偽りを身にまとって
周りの視線を　気にしたり
ぎこちない自分　演じてみたり
でも　もうこんな飾りなんていらない
素顔になろう
素顔でいよう
まだ胸にあるのなら

涙

涙がこぼれることは
決して　いけないことじゃないよ
悲しみを　素直に「悲しい」と
心がそう　つぶやくから
逃げたいことが多すぎて
安らぎを忘れた世界
疲れた足で　走ってる
他人の前で　見せる笑顔
うまく作れないのなら
泣いてもいいいよ
隠さないで
心が求めるままに
泣き疲れて　眠りに就けば
やがて朝日が　そっと微笑んでくれるから

瞳

誰かが　見ている
誰かが　そばにいる
笑顔では　乗り切れないことがある
眠れない夜を　過ごすだろう
でもそんな時は　おもいっきり泣いて
きっと　その涙を
受け止めてくれる　人がいるはず
あなたは決して　一人じゃないのだから
たとえ　会えなくても
僕は　信じてる
明日を見つめる　強い瞳を
いつまでも　まっすぐな
あなたのままで　いてほしい

真実

僕たちが生まれた瞬間
それは　遠い遠い時代からの解放
僕たちの身体はね
羊水《うみ》でできている
分かるでしょ？
差し込む光　ただよう世界
君はまだ知らない
いや　永遠に知ることなどないのかもしれない
たった一つの真実
僕たちは　この生命を
自らの手で　汚そうとしている
それすら　君は知らない

パズル

心のパズルのかけら　足りないから
笑顔を偽ろうとした
嘘の自分　着飾って
それでは楽しいはずもなくて
僕を空しさが支配する
そんな心の痛みを包んでくれるのは
ひとの優しさだと　気が付いた
もうやめよう　偽るのは
心のパズルを埋めるのは
あなたの笑顔だから

しゃぼん玉

人の人生は　しゃぼん玉のように
それぞれ　たくさんあるんだ
中には　すぐに消えたり
地面に　はじけたり……
でも人生は　〝長さ〟じゃないよ
どのしゃぼん玉だって　いつかは壊れる
本当に　大切なのは
いかに今を　輝いて生きているか
自分だけの　しゃぼん玉を飛ばそう
ほら　七色に映る
無限の夢を　大空へ

スマイル

空の青さを　知らない君
今を動き出せなくて　惑ってる
不感症の毎日に　心が死んでいく
イキルイミ　アルノ?
空を見上げようよ
下ばかり向いていてないでさ
世界はそんなに絶望的じゃない
ほら　歌うことだってできるじゃない
君の笑顔だって
きっと　見つかるよ

景色

迷子になった子供みたいに
肩を震わせる　君は
いつの間にか　知らんぷり顔の
大人に　なってしまってた
そんな自分が悲しくて……
幼い頃　見上げた夕日は
あんなにきれいだったのにね
心の飾りを　ほどいてゆこう
強がるだけの　嘘など捨てて
裸の瞳になれたら
どんな景色が　映るのだろう
きっと君だけの
明日が見えるはずだよ

心の花

胸の奥に　芽吹いた花
それは　たくさんの優しさで育つ花
生きることに　重荷を感じても
人を信じられなく　なりそうでも
心を枯らさないで
支えは胸の奥で　生きづいている
笑顔や　楽しい笑い声
そして　手のぬくもり
そのどれもが僕を包む　太陽だから
花を咲かせよう
いつか今度は　誰かを支えられる
色鮮やかな　花を咲かそう

太陽

君の笑顔は　太陽みたいに
みんなの心を　元気にしてくれる
だけど悲しい時は　泣いてもいいよ
雨はやがて　降り止むように
心もいつか　晴れるから
人が一番　幸せになれるのは
きっと　笑顔になれた瞬間
おもいっきり　笑って
君の笑顔が　見たいから
太陽のように　輝いて

エール

エールを送るよ
ありったけの声で　ひたむきな君に
たった一つの　夢のために
汗をかき　時にはそれが涙に変わる
でもその頬は　笑っていた
心から明日を　信じているんだね
そんな君を　僕はただ
背中ごしに　見ているけど
真剣なその瞳　僕は一番好きだから
エールを送るよ
ありったけの声で　頑張る君に
どうか夢を　その手に入れて

ドア

明日へ　明日へ進もうとする心
夢を　夢を叶えようとする想い
いつもなくさないで
君が開く未来へのドアは
まだほんのはじまりだよ
心が痛くって
惑いの渦に飲み込まれそうになるかもしれない
でも　その胸の中にある
自分だけの望みがある限り
顔を上げて立ち上がれるよ
ゆっくりと　ゆっくりでいいから
君のままで
歩き続けて

大丈夫

大丈夫だよ　何とかなるさ
明日のことは　風にまかせて
人生の中　小さな石につまずいて
膝を擦りむき　血がにじんでも
そこに　立ち止まらないで
惑う気持ちは　心を孤独にしてしまうから
痛みの分だけ　強くなれるのなら
傷ついても　平気なはず
大丈夫だよ　何とかなるさ
明日がどっちにころんでも　大丈夫

銀色の夜

街がにじんだ光に包まれて
鮮やかに夜空を照らす
心のあかりも灯そう
豪華でなくていいよ
ただあったかくなれるように
またたく星の光を灯そうよ
目を閉じて
静かに満ちていく
銀色の夜を胸に感じて

メロディー

一緒にはしゃいだ　時間は
とても素敵な　オルゴール
過ぎていく　夏のひとときに
見つけた　宝物
たとえ季節が　揺らいでも
僕の心は　色あせない
いつでも　目を閉じれば
きらめく　メロディー達が
流れ出すよ

街中で

人が行き交う街中で　ビル間から空を見上げてた
「なんて僕はちっぽけなんだろう」
車の音や　どこからか聞こえる音楽……
まるで大きな渦に飲み込まれてしまいそう
でも平気だよ
だってそばには君の笑顔があるから
何気ない優しさで　僕を支えてくれる
〝人はひとりじゃない〟
こんなに強く思えるのは　君と今を感じているから
これからも　ずっとそんなふうでいれたらいいな

声援

君の未来が　開けるように
僕はいつでも　応援してる
その瞳の　奥にある
強い意志を　感じた
明日に吹く　風なんて
誰にも　分からないけど
どんな風にも　負けないで
涙を流しても　いつかは見えてくる
本当の輝きが　何かってことを
だからまっすぐなまなざしで　歩き続けて
君が信じる　未来のために……

鼓動

あい

「あい」ってなに？
どんなかたち？
たべられるのかな？
「あい」ってなに？
どんないろ？
どこでかえるの？
「あい」はかたちやいろじゃないよ
こころにうまれるもの
だいすきなきみとおはなししたり
げんきをくれるひとにあったら
ちょっとずつそだっていくんだよ
「あい」ってなに？
とてもおおきくて
あったかいよ

花束

あなたがくれたのは
「優しさ」という花束です
モノクロな僕に　色をつけてくれました
あなたのぬくもりや　まごころにふれたら
心がうれしくなれたから
〝本当にありがとう〟
あなたが見せてくれたのは
「笑顔」という宝石です
その輝きを
いつも忘れないでいて下さい

素敵な人

君の笑顔がきれいなのは
きっと　降り注ぐ悲しみを
受け止めてこれたから
その輝きに触れたくて
その優しさに包まれたくて
心を開こうって決めた
だって「信じたい」と思える人は
そうたくさんはいないから
君と話をしていると　心がほっとできるんだ
不思議なくらい
とても　とても素敵な人

ひまわり

君を青空に　たとえるのなら
僕は幼い　ひまわり
君に近づきたくて　天を目指すよ
届くことのない想いでも
ちゃんと伝えたいな
もっと　もっと
君を知っていたいよ
青空の笑顔で　見つめていてほしいから
世界一背の高い　ひまわりになるからね
まだまだ　がんばらなくちゃ

ミルク

ホットミルクのような
あたたかい 笑顔
まるで不思議な力に　包まれたみたい
いつも寒い季節が　来る度に
心は「寒い」と　震えていた
でも今は　「寒くないよ」って言える
それは君の　まごころが
僕をあたためて　くれたから

鼓動

愛しさに　焦がれる夜は
目を閉じて
胸の鼓動　聞いてみる
〝僕があなたに　恋をしてる〟って
確かめるために
たとえ叶わない　片想いでも
なくしたくない　大切な気持ち
ああ　あなたにも聞かせたい
波打つ　鼓動
僕の心は　あなただけを感じてる

見つめないで

そんなに　見つめないで
あなたの瞳は　まっすぐで
僕の心を　見透かされているようで
何か　伝えようとしても
胸の鼓動が　早まって
うまく言葉に　できない
そんな　僕を見て
あなたはただ　ほほえんでる
もっとそばにいる　時間を大事にしたい
まだ　伝えたいことの
一握りさえ　言えてないのに……
だからそんなに　見つめないで
胸の奥が苦しいよ

キャンディー

あなたがくれた　キャンディー
一粒　ほうりこんだら
すごく切ない　味がした
何だか涙が　溢れちゃって
愛しい横顔　頭に浮かんでは消えていく
もし時間を　止められたなら
あなたの笑顔を　じっと見つめられるのに
時計の針は　進んでいく
〝僕の想いもいつか溶けていってしまうのかな〟
口の中の　キャンディーみたいに……

キャンドル

冷たい風と淋しさが　吹き抜ける
そんな夜は　ほほえんでいる
あなたの顔　思い出すよ
僕の心は寒がりで
いつも　安らぎ求めてる
あなたがそっと　抱き寄せてくれるなら
どんな痛みも　平気だから
優しさをください
何よりも　あなたのぬくもりを
胸に　灯していたい

グラス

注がれる涙
悲しい時　支えをなくした心
愛しい人を想う時　支えを求める心
ああ　この涙は一体どこへ流れるの
アンバランスな　グラスの中で
ただ　揺れ動くだけ
とめどなく　とめどなく……

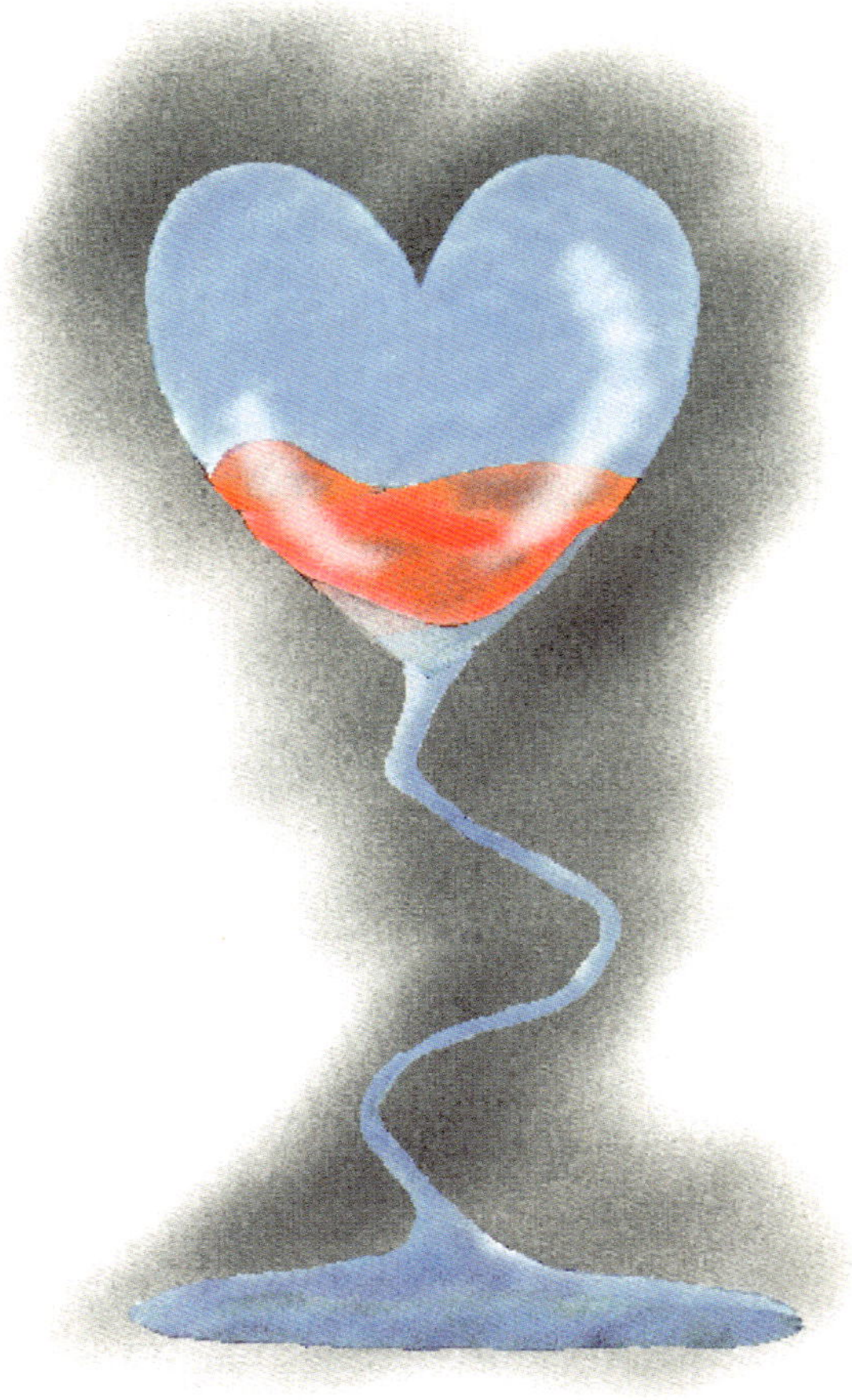

雪

天からこぼれる　雪のように
叶うなら
あなたのそばで　舞っていたい
長く　会えない日は
僕の　心の中で光る
あなたの笑顔　探している
どうか　溶けてしまわないで
この想い……
たとえ手のひらで　受け止めてくれなくても
僕はあなたのことが　好きだから

体温

あなたの胸に抱かれたい
その優しさに　身をゆだねて
あなたを　見つめるたびに
すごく切ない　気持ちになる
「好きです　愛しています」
そんなこと　口にすれば
どんな瞳で　僕を見るの？
もし　奇跡が起きるなら
あなたと恋に落ちたい
「無理だ」って自分に言い聞かせても
もう止めることなんて　できないんだ
抱きしめて
あなたの体温で　僕の想いを受け止めて

桜雨

四月の雨はどこか空しくて
からっぽの僕の心濡らしてく
桜はきれいに咲いてるのに
なぜか泣いてるみたい
それはきっと僕と一緒かもしれない
別れが悲しくて
もう二度と会えない気がして
雨は降る
ぽろぽろ……ぽつん……

ありがとう

あなたの笑顔で
僕は何度も　救われた
あなたの声で
僕は何度も　励まされた
いつも優しい　まなざしで
見守って　くれたから
今の僕が　ここにいる
どうせひとは　孤独だなんて
ずっと　思ってた

でもまわりには　自分を
勇気づけて　くれる人がいることを
教えてくれた
はかりしれない宝物を　もらった気がする
そんな　かけがえのない人に
心を込めて　伝えたい
一番大切な　あなたへ
ありがとう……

明日へ

花火

夏の夜空に　開く大輪は
鮮やかに咲き　いさぎよく散っていく
どこかはかなくて　かれんな花火
あの日　お祭りで
この瞳に　焼きついたのは
大きな音と　まばゆい光
このまま時間が　止まってほしい
何度も心の中で　そう願った
ああ　もしできることなら
もう一度　あの花火を見てみたい
まだ幼かった　裸の瞳で

蟬

秋の空は　どこか遠い瞳《め》をしていて
風は冷たく　心に吹き抜ける
どうしてだろう
訳もなく涙が　溢れそうで
まるで僕は　季節に取り残された
蟬のよう
毎日を楽しく　過ごしてるはずなのに
満たされない気持ちに　空しく鳴いている
いつまでも　抜け出せない
季節の中で……

後ろの正面

いつも君がいた
どんな時も　同じ時間を生きてきた
僕達は　仲間だった
だけど……
もうそこに　君はいない
人の命は　強いようでもろいもの
僕もいつか　最後の時が来るだろう
その時「幸せだった」と　言えるのか
後ろの正面誰？
振り返れば闇が　手を伸ばしていそうで
怖いんだ

砂

砂時計　重力に逆らいきれず落ちていく砂
さらさら　さらさら……
まるで人生と一緒だね
何かに逆らうこともできずに　あがいてる
いつか尽きる命でもつかもうとする
君は幸せだったかい？
何かを手にしたかい？
笑っている君は　もういない

D・N・A

僕は　誰ですか
長い時間《らせん》の　先に生まれた
一つの　個体
この　細胞《からだ》には
遠い記憶が　埋め込まれている
僕は　誰ですか
弧空に向かって　問いかける
まるで造られた　機械のように
歯車だけが　回り続ける
僕は　生きているのですか
それとも　生かされているのですか

ナイフ

僕のナイフはもろはのやいば
見た目はするどいのに本当は
何も切れないただのおもちゃ
振りかざしてはみるけれど
その手はふるえている
でもそれでも僕は捨てない
たとえ他人《ひと》にあざ笑われても
ぜったいに捨てないから
だって安物ナイフは僕のココロ
両手でぎゅっと
にぎりしめる

言葉の針

言葉の針が　胸を貫く
痛い　痛いよ……
血の涙に　どす黒く染められていく
僕はこのまま死んでしまうの？
彷徨うだけ
ゆがむ視界を　振り払いながら
いっそ　僕の心を殺してくれ

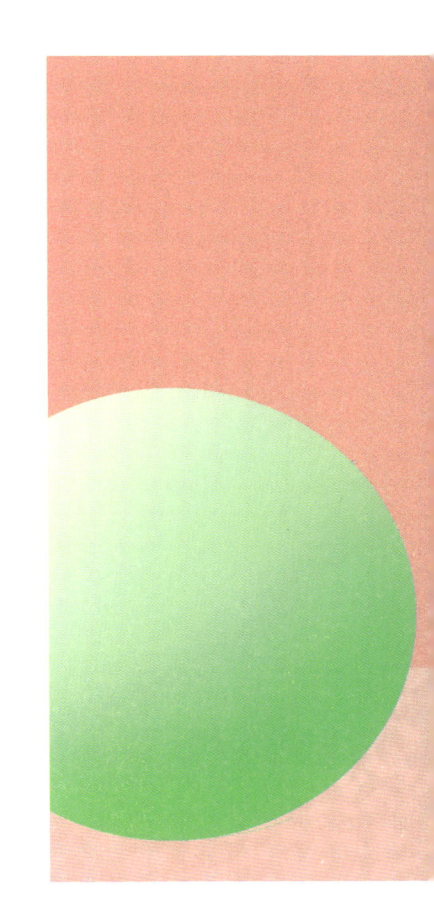

焦り

笑顔で過ごしてる　はずなのに
心が　ため息をつく
僕は　このままでいいのか
口では「精一杯生きてる」って　言っているけど
それはただの　偽り
本当は　焦っている
前に進めなくて　焦っている
なのに　前向きなことばかり並べてる
自分が嫌だ……
今の僕には　他人《ひと》に
手を差し伸べることなど　できない

望み

水槽の中で　金魚達が
悲しげな　目をしている
それは今の僕と　よく似ている
狭い現実に　閉じ込められ
ただ与えられた毎日を　過ごしている
確かに　生きてはいけるけれど
あまりにも　悲しすぎる
もっと自由に　なりたい
自由が　ほしい
いつかこの水槽から　抜け出して
いつまでも夢に向かって　泳いでいたい
そう金魚達が　望むように

明日へ

どこに行くの?
私の心……
明日へ続く　闇の途中
「辛くなんかないよ」
笑顔で　そう言えたらいいのに
抜け出せない　迷路の中を
人は　回り続けてる
痛みと罪を　背負いながら
でも僕は「死にたい」なんて思わない
何一つ　できない僕だけど
必要としている　誰かがいるはず
心を手放さないで
たった一つ　夢を叶えるために
明日へ行こう
辛さを越えて　見つかるもの
それが　本当の喜びだから

カメの道

よいしょ　よいしょ
のろまなカメって　呼ばれたって
僕は行くよ
どんなにでっかい山だって
登れないことはない
疲れたら　一休み
そこら辺に　寝っ転がって
風に遊ばれよう
マイペースでいいんじゃない？
いつか　てっぺんにたどり着くから
お空の天気が　ご機嫌斜めだって
その先には　とびっきりの青空が
待ってるにちがいない
まだまだ　僕は行くからね
カメの道をゆっくりと

君の声

真っ暗なまちを　必死に走る
――誰もいない――
叫んでも　叫んでみても
――誰もいない――
頭を抱えこんで座っていたら
君の声が聞こえたんだ
光に導かれるように
僕は立ち上がった
どんなに辛い時でも
優しい声は聞こえてくる
ここにいるよ
僕は一人じゃなかったんだ
いつも見つめてくれる人がいる
君がいるから
僕は闇から　抜け出せるよ

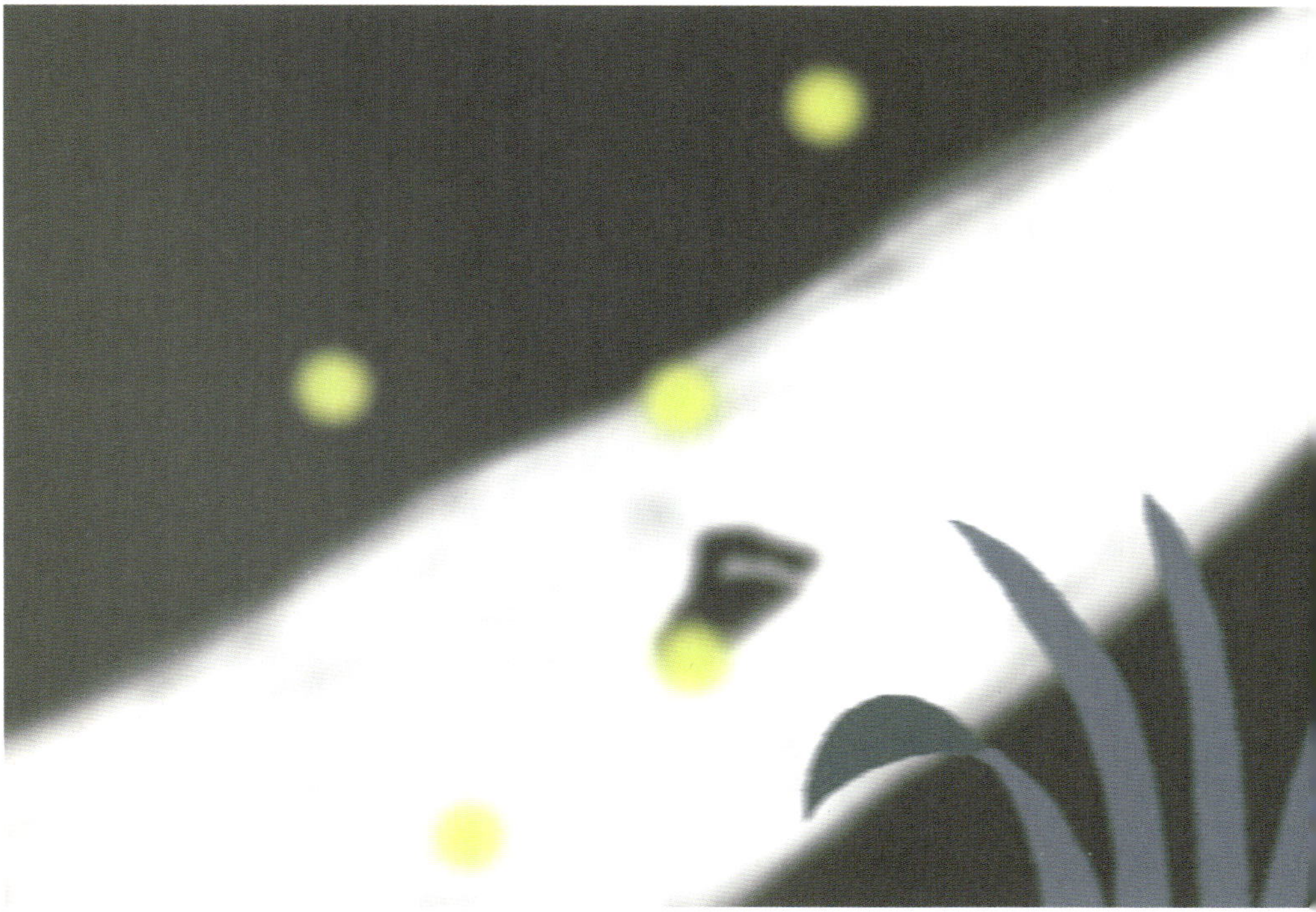

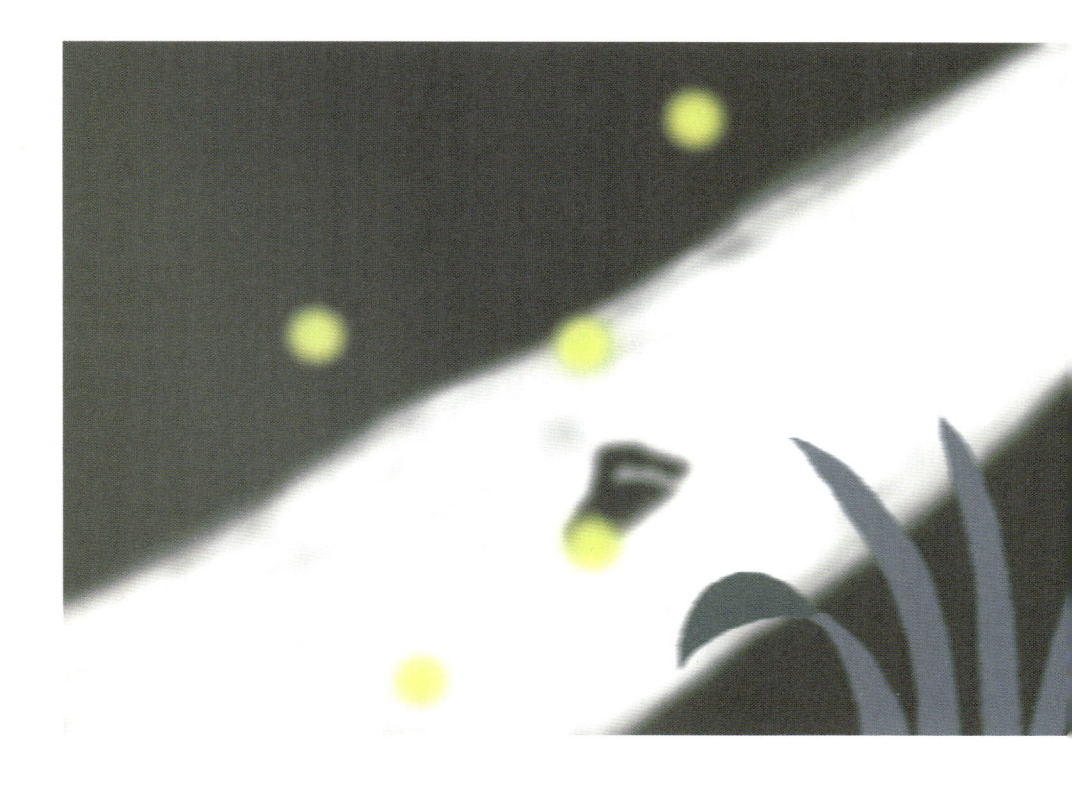

イキル

限りある　時間の中で
様々な人々が　必死に走ってる
どこへ　向かっているの？
自分のため？
それとも人のため？
疲れたその足で　まだ探すんだね
ころんでも　ころんでも……
――ソレガ　イキル　コトデスカ？――
目先も見えずに　ただ走る
――ソレガ　イキル　コトデスカ？

スープ

冷たい風に凍えてる
そんな夜はあったかいスープを飲んでねむろう
毎日は　急ぎ足
人ごみの中でふと立ち止まる
どこまで歩いたら
一息つけるの？
でも君が　笑顔をくれるから
もう少し前に進まなくちゃ
いつも君の優しさが　僕の心をほかほかにしてくれる
まるでスープのように
〝おやすみなさい
夢の中で会えるかな〟

灰色のまち

僕の声は　どこまで届くのだろう
灰色のまち　胸を切り裂いてく
いらつく雑踏の中で
みつけた　小さな花が
僕にそっと微笑んだ
こんなちっぽけな　まちにも
朝は必ずやってくる
いくら絶望に　ふさがっていようとも
「僕はまだ歩けるよ」
立ち止まりはしないから
この声が届かなくても
何度も空に向かって　叫んでみる

変えられる気持ち

前を向いて　笑ってみたら
世界が違って見えた
下を向いて生きていた　僕
自分を誇ること　できなかった
暗闇の隅で泣いている
でもね　君が教えてくれた
自分を認めてあげる勇気
もっと　胸を張ろ
もっと　好きになろ
「変えられない」じゃなくて
変えられる気持ち　見つけたよ

心のカメラ

見上げた空が　鮮やかで
僕は　思わず
心のシャッターを　押した
人は　どんな時に
「生きている」と　感じるのだろう
あわただしく流れる　このまちで
生きていることが　当り前だと
勘違いする
でも生きていられるのは　ほんの一瞬
いつかは誰もが　闇に還る
その時まで　僕は
生きていることを　刻みたい
きっとちっぽけな　自分を知った時
生かされていると　気付くから
たくさんの今を　心に写していたい

紙ひこうき

〝紙ひこうき　とばそうよ〟
僕達は　幼い頃
一緒に競って　飛ばしあった
白い翼に　風を受けて
太陽の陽ざしに　照らされながら
どこまでも遠く　遠く
小さな機体に　僕達の夢をのせて
必死に　追いかけた
それは人の一生に　よく似ている
今はもうこの手で　飛ばせないけど
僕はいつも　心の中で
あの紙ひこうきを　追いかけたい

豊かさ

いくらいい服　着ても
お金が　あっても
心は　飾れない
確かに暮らしは　豊かだけど
心は　満たされているの？
ニュースで見た　飢えに苦しむ子供達
でもその瞳は　光ってた
今を賢明に　生き抜こうとしているから
生きていることが　当り前だと流されず
胸に明日への　希望を秘めて
富があるから「豊か」なわけじゃない
心が　生き生きとしている
それが本当の　豊かさなんだ

タンポポ

タンポポの種は
風に乗って　知らないまちへ運ばれる
人も同じように　子供から大人へと旅立っていく
でも僕はまだ〝生き方〟を　人に頼ってばかり
人生は自分で　選ぶもの
こんなちっぽけな　僕だけど
いつか人を　笑顔にできる
そんな人間になりたい
小さな黄色い　花のように

小さな支え

この手で人を　守ることができなくても
心で　誰かを支えられる
人の優しさに　甘えてばかりいる僕にだって
大切な人に　尽くせることがあるはず
ささいなことでいい
君の心の　ほんの端っこにいられるなら
なんて　幸せだろう
僕は君の　小さな支えになりたい

あとがき

みなさんは「障害者」と聞くとどんなイメージを持っていますか？　中には暗い、かわいそうだという人もいるかもしれない。確かに嫌だと思うこともないわけではありません。でも心は自由です。好きな音楽があります。友達と騒ぎ合ったりします。そして恋もします。健常者といわれる人だって、いろんな辛さや持病を抱えているわけだし、結局はみんな同じなんだと思っています。

僕の病名は進行性筋ジストロフィー症、ディシャンヌ型というものです。これは筋肉が徐々に萎縮していき、歩くこともできなくなり肺などの内臓にも及んでいく病気です。現在、まだ治療法が見つかっていません。

今の僕は人工呼吸器を使用してほとんど寝たっきりの状態です。ですが、ただじっとしているわけではありません。心まで寝たっきりにはなりたくないなといつも思っているので、外に出かけたりたりするようにしています。飛行機に乗って沖縄に行ったし、B'zのコンサートを見に行きました。もちろん一人では何も出来ないし、出かけることはできません。家族の理解や力、支えてくれるたくさんの人の手が必要です。しかし、僕には僕にしかできないことがあります。それは自分を表現することです。詩や絵を描くのはその一つだと思っています。

詩と出会ったのは養護学校高等部二年の時です。身体の変形がきっかけで車椅子に乗れなくなってしまい、大きなものを失った辛さで心が沈んでしまっていました。だけど、このままでは自分がダメになる、だから詩に思いをぶつけて乗り越えていこうというのがはじまりでした。

絵を描き始めたのは養護学校を卒業してからです。在学中は「学校」という与えられた一つの時間の中で過ごしていればよかったのですが、卒業後は自分で一日を作り上げなければいけません。それでパソコンを使い、絵を描くことを決めました。

その後、自費で詩集『生きている証』を出版し、大分県の四カ所で詩画の個展も開くことができました。その間、たくさんの新しい出会いが生まれました。

この『君への贈りもの』はそんな人たちへの感謝の気持ちを込めて、この本を通じて出会うすべての人へ僕の思いを伝えたくて作りました。

出版にあたって、海鳥社の西俊明さんにはたくさんのアドバイスと大いなる力添えをいただきました。おかげですばらしい本にしていただくことができました。また親身になって協力してくださった、元石垣原養護学校の中根剛誠先生の支えがなければ、出版にいたることはなかったと思います。
そして本を手に取り、買ってくださったみなさんに心から感謝を申し上げます。

河端洋安

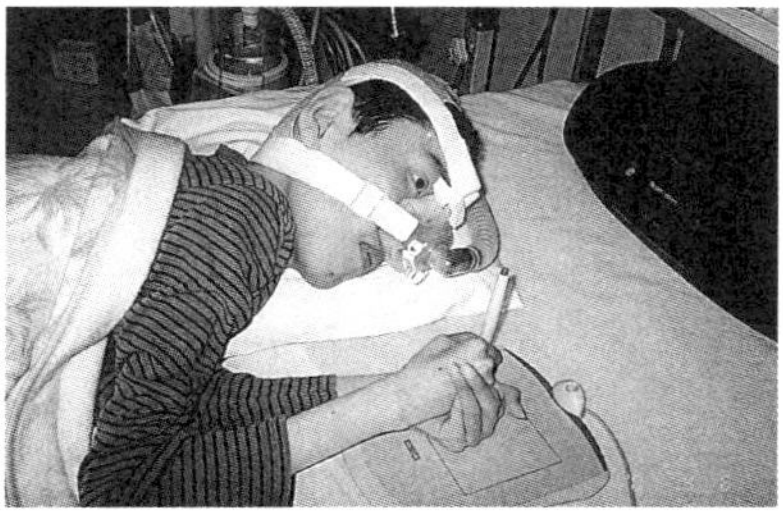

河端　洋安（かわばた・ひろやす）
1978年，大分県山国町大字中摩に生まれる
1984年，山国町立三郷小学校に入学
1985年，病名「進行性筋ジストロフィー，デュシャンヌ型」と判明
1985年，国立療養所西別府病院北２病棟に入院。大分県立石垣原養護学校小学部２年に転入
1994年，詩を書き始める
1996年，県立石垣原養護学校高等部卒業後，パソコン画を描き始める
1997年，詩集『生きている証』出版
1999年，パソコン画の個展「創造」
現在，入院加療中
連絡先　〒871-0716
下毛郡山国町大字中摩3574
TEL・FAX　0979-62-3527

君《きみ》への贈《おく》りもの

■

2001年７月10日　第１刷発行

■

著者　河端洋安
発行者　西　俊明
発行所　有限会社海鳥社
〒810-0074 福岡市中央区大手門３丁目６番13号
電話092（771）0132　FAX092（771）2546
印刷・製本　有限会社九州コンピュータ印刷
ISBN 4-87415-358-5
http://www.kaichosha-f.co.jp
［定価は表紙カバーに表示］